Yanitzia Canetti

Doña Flautina Resuelvelotodo

Ilustraciones: Avi

edebé

© Yanitzia Canetti, 2002

© Ed. Cast.: Edebé, 2006
Paseo de San Juan Bosco, 62
08017 Barcelona
www.edebe.com

Atención al cliente: 902 44 44 41
contacta@edebe.net

Directora de Publicaciones: Reina Duarte
Diseño de la cubierta: Book & Look
Ilustraciones: Avi

17.ª edición

ISBN: 978-84-236-8177-8
Depósito legal: B. 8018-2011
Impreso en España
Printed in Spain
EGS – Rosario, 2 – Barcelona

Todo lo puede el amor.

Refranero popular

*Así es la vida, que no cabe en ella
todo el bien que pudiera uno hacer.*

José Martí

*A mi abuela Carmen, que,
como doña Flautina,
es una chica que nunca se ahoga en un
vaso de agua.*

Índice

6

1
Así era más o menos doña Flautina

Que doña Flautina fuera más flaca que una flauta era lo más natural del mundo. Flaca debía ser si siempre andaba trajinando de un lado a otro, para arriba y para abajo, sin parar.

Era pequeña, más bien, muy pequeña, de caminar ágil y gestos graciosos. Tenía la cara tan arrugada como una sábana dentro de una botella, y una larguísima y lacia cabellera blanca, como la misma sábana, pero tendida al viento. De ojos muy vivaces color caramelo, nariz tristona y boca alegre.

Era más hermosa que bella y más bella que bonita. Lo que se dice: una preciosidad de anciana.

Nadie podía sospechar que ya pronto cumpliría ochenta años.

A doña Flautina todo se le hacía fácil de resolver, desde zurcir unos calcetines rotos hasta rescatar a un elefante de una locomotora en marcha. Por más complicadas que fueran las tareas, ella juraba y rejuraba que eran sencillísimas. Es más, decía que las podía solucionar en un dos por tres, en un tinmarín y en un santiamén.

Vivía en la última casa al final de una calle, en el pueblo más viejo del más viejo de los países. Tan viejo que ya nadie se acuerda ni del nombre.

En el hogar de doña Flautina, las cosas te-

nían más años que los años que podrían tener diez Flautinas juntas. Por supuesto que ya no funcionaban como en sus buenos tiempos. La chimenea, por ejemplo, no podía ni oler el humo y era alérgica a la leña... ¡Con lo bien que calentaba hacía un montón de años! Quién la ha visto y quién la ve: toda mustia, apagadita y cenicienta. La cocina de cuatro fogones tampoco servía ni para freír huevos con chorizo. Y el horno, ¡ni hablar! Pollo que entraba sin cocinar, pollo que salía achicharrado. Un verdadero trasto de metal. A las mesas les faltaban una pata..., incluso dos. Las sillas habían perdido uno de los brazos, y algunas hasta el respaldo. Las puertas rechinaban si llegaba un vientecillo veraniego, de los que apenas tienen fuerza para soplar. En los estantes y armarios ya no quedaba nada.

Y la carcoma, a falta de un apetitoso trozo de pino que llevarse a la boca, había considerado cambiar su dieta. Creo que terminó por irse a la casa de al lado cuando se enteró de que sus dueños habían comprado una cama de pino nueva.

Pero para qué les cuento esto, si doña Flautina era enormemente feliz. Tan pero tan feliz, que se ponía feliz de lo feliz que era. Era feliz porque podía respirar a todo pulmón y durante los siete días de la semana, porque podía caminar a cualquier lugar adonde la llevaran sus alpargatas, porque podía mirar desde su ventana un pedazo de planeta, el sol y la luna, y porque podía cantar (aunque los vecinos preferían que no lo hiciera tan a menudo: su voz era, digamos, la de una soprano con catarro crónico).

Además, doña Flautina era feliz por tres cosas:

1. Porque le gustaba ayudar a la gente.

2. Porque tenía un gato amarillo.

3. Y, sobre todo, porque para ella todo era facilísimo de resolver.

La gente del pueblo quería mucho a doña Flautina. MUCHO es poco. De aquí al punto más hondo del cielo, para ser precisos. Bueno, siempre hay gente mala cara que no quiere ni a las lagartijas. Pero, por suerte, son tan poquitos que ni merece la pena contarlos.

Para doña Flautina no había mal que por bien no viniera, al mal tiempo había que ponerle buena cara, no había mayor dificultad que la poca voluntad, y todo era tan fácil como coser y cantar.

Estaba siempre presta para regalar una solución a cualquier problema. Y créanlo o no, nunca cobraba por ello. Un «gracias, doña Flautina» era más que suficiente para que el corazón le galopara en el pecho. Es más, a veces daba dos o tres soluciones cuando el problema era tan sólo uno.

Creo que ahora ya la conocen un poco. Así era más o menos doña Flautina. Ah, ya sabía yo que me faltaba contarles algo, quizá lo más importante: doña Flautina era como una niña, pero con muchos años encima (y en vez de dos, le faltaban más dientes).

2
El día en que doña Flautina ganó fama de resuelvelotodo

En casa de doña Flautina no había lavadora. A ella le parecía mucho más fácil lavar a mano, como le había enseñado su madre; y a su madre, su abuela; y a su abuela, su bisabuela..., y así hasta la primera doña Flautina que habitó el mundo y que tuvo que lavar su ropa.

Tampoco tenía radio, ni televisor, ni microondas, ni tostadora, ni lavaplatos, ni nevera, ni ningún aparato eléctrico, a pesar de

que hacía tiempo que ya se habían inventado unos cuantos. Y no porque no tuviera dinero para comprarlos (con el paso de los años, ya su alcancía había engordado muchísimo), sino porque le gustaba ingeniárselas a su manera y reinventar lo inventado.

Durante toda su vida, doña Flautina había resuelto fácilmente las cosas sin tener que usar ningún artefacto moderno.

En el pueblo siempre había gente buena que regalaba su frigorífico cuando se compraba uno nuevo; y otra gente, algo menos generosa, que los vendía por tres patatas fritas, dos coles y una mazorca de maíz.

—No, gracias —decía doña Flautina las mil y una veces que le quisieron regalar una batidora, una plancha o una olla a presión—. Yo puedo hacer mis faenas sin usar esos objetos:

bato a mano la clara de huevo para hacer merengue, tiendo la ropa mojada para que el sol la planche y cocino en unas cacerolas que me regaló mi tatarabuela Trompetina Engracia Rebolledo y del Ventanal. Y todo lo hago en un dos por tres, en un tin-marín y en un santiamén.

Para todo el mundo era un misterio cómo doña Flautina lograba resolver todo, así de rápido y así de sencillo.

Cuando la gente le preguntaba por qué no tenía radio, ella decía: «porque prefiero escuchar el trinar de los pájaros».

Cuando la gente le preguntaba por qué no tenía televisor, ella decía: «porque es más divertido enterarse de las noticias en la plaza del pueblo y ver lo que pasa en la calle».

Cuando la gente le preguntaba por qué no

tenía microondas, ella decía: «porque me gusta calentar la comida sobre el carbón; sabe deliciosa».

Las respuestas eran tan rápidas y sencillas como las soluciones que encontraba doña Flautina para todo.

No faltó quien creyera que doña Flautina estaba completamente chiflada.

—¿A quién se le ocurre cortar la hierba a mano en estos tiempos? —comentaba doña Ricolina Mendieta—. Las segadoras lo hacen a las mil maravillas. ¡Quién puede negar el desarrollo!

A doña Flautina nada le parecía tan divertido como saber hacer las cosas por ella misma. Sembraba y regaba las flores de su jardín, cocinaba su propia comida y la de su gato amarillo, reparaba sus viejos muebles (aunque para aprender, tuvo que martillarse los dedos en más de una ocasión), cosía sus delantales con parches de colores, se hacía sus propios abanicos con hojas secas y remendaba sus alpargatas una vez al mes.

Jamás se le escuchó decir que estaba aburrida o que no encontraba nada que hacer. Iba cuesta arriba y cuesta abajo por todo el pueblo, buscando la forma de ser útil y repartiendo sonrisas, saludos y buenos días.

Los días pasaron, unos a pie y otros volando. Hasta que llegó un día de esos que nadie quiere que lleguen, pero como a los días nadie los gobierna, llegó sin siquiera avisar. Era un miércoles del mes de mayo, creo. El segundo miércoles del mes, si mi memoria no me falla. Un miércoles que amaneció gris y que luego se llenó de truenos y relámpagos.

Los habitantes del pueblo corrieron a refugiarse en sus casas, y a los que no les dio tiempo, se cobijaron en la casa del vecino más cercano. Cayó tal aguacero que surgieron dos lagos y tres ríos. Supondrán que las calles estaban completamente inundadas y que las ranas tuvieron que pegar unos saltos enormes para no ser arrastradas por la corriente.

Doña Flautina se mecía en su sillón y esperaba pacientemente a que las nubes se desinflaran del todo. «Siempre que llueve, escampa», le comentaba a su gato, que estaba aterrorizado en un rincón.

Y efectivamente, escampó. Pero, para entonces, el pueblo ya estaba completamente a oscuras. Algunos cables eléctricos habían sido derribados y había dejado de circular la corriente eléctrica.

—¡Qué desgracia! —se quejaba don Basilio.

—¡Qué calamidad! —se lamentaba doña Remigia.

—¿Qué vamos a hacer ahora? —se preguntaba muy alarmada doña Ricolina Mendieta.

Los helados se derritieron en las heladerías, la leche se volvió yogur, los taladros y las sierras de las carpinterías dejaron de moverse, las aspas de los ventiladores dejaron de girar, los televisores dejaron de dar las noticias y de decir cosas que no siempre tenían sentido, las tostadoras no quisieron tostar el pan, las batidoras se negaron a hacer batidos de plátano o de guayaba, las lavadoras dejaron la ropa jabonosa y a medio lavar, las cocinas eléctricas no terminaron de hacer la cena... Los apara-

tos se mostraron holgazanes e inútiles sin el estímulo de la corriente eléctrica. Ni hablar del alumbrado. Lámparas y faroles estaban agazapados en la oscuridad de la noche, sin abrir un párpado de luz. Sólo la luna, que por suerte contaba con la energía del sol, iluminaba las calles con un lluvioso azul pálido.

La vida del pueblo se volvió silencio y temor.

Nadie sabía lavar sin lavadora, ni cocinar sin cocina eléctrica o microondas, ni tenía la menor idea de cómo resolver el grave problema.

Doña Flautina parecía ser la única persona despreocupada. Sonreía como siempre. Cantaba tan mal como siempre. Iba y venía, tan animosa y ligera, como si el aguacero no hubiera mojado una sola teja de su casa.

Para ella la vida no se había detenido. Sabía lavar sin lavadora, cocinar sin cocina eléctrica, batir sin batidora, planchar sin plancha, refrescarse sin ventilador, y, claro está, además de saber hacer muchas cosas más, también sabía sumar y restar sin calculadora eléctrica y escribir sin ordenador.

Como doña Flautina era tan buena persona, le era difícil pasar de largo con cara de me-importa-un-pepino-lo-que-les-pase. Así que empezó a repartir soluciones a todo el que se lo pidió (y al que no se lo pidió, también).

Al día siguiente, cuando el sol retornó a su faena y se asomó redondote y calentón más allá de los sembrados de coliflor, entre dos montañas gastadas, doña Flautina salió presurosa de su casa, con su larga cabellera blanca ondeando al viento (y escoltada, valga decirlo, por su gato amarillo), y visitó casa por casa para preguntar en qué podía ayudar.

—Fíjese, doñita, que no sé cómo calentar el agua de la palangana para meter los pies. Es que me duelen los juanetes de tanto caminar —decía don Cayetano, muy preocupado.

—Eso yo lo resuelvo en un dos por tres, en un tin-marín y en un santiamén —le dijo doña Flautina, y antes de decir la última palabra, salió corriendo, puso la palangana en medio del patio y dejó que el sol mañanero calentara el agua con sus ardientes rayos.

Al poco rato, el agua estaba casi hirviendo y don Cayetano pudo hundir sus gruesos pies en ésta. ¡Uf, qué alivio sintió en sus juanetes!

Don Cayetano quiso obsequiar a su amiga con un sombrero de plumas de gallina pinta, cuatro zanahorias y una cesta repleta de fre-

sas, pero doña Flautina se conformó con un «gracias, doña Flautina», y se fue a todo correr para ayudar a los demás vecinos.

Le enseñó a don Goloberto cómo hacer frijoles al carbón, y a doña Filomena cómo secarse el pelo sin secador, y a don Gaspar cómo alumbrarse sin bombillas, y a doña Enriqueta cómo hacer un abanico de hojas secas para ahuyentar el calor del mediodía... Repartió soluciones grandes, medianas y pequeñas, pero todas sencillísimas de hacer.

Ah, y le mostró a doña Ricolina Mendieta cómo cortar la hierba sin segadora eléctrica. ¡Con la mano, por supuesto! ¡Nada más fácil!

3
El día en que doña Flautina curó al gato en un dos por tres

Ya saben que doña Flautina tenía un gato, ¿no? Sí, ése mismo. El amarillo. Pero no siempre había sido de ella. Antes había pertenecido a otro dueño que se llamaba don Simeón Patipanza. Pues bien, como todo gato que haya maullado alguna vez, el gato, que por entonces ni siquiera tenía nombre, enfermó un día.

El gato no estaba a gusto con el dueño que le había tocado, y no era para menos. Don

Simeón Patipanza lo tenía a dieta. Cuando traía sardinas, lo único que le dejaba a su gato era el espinazo limpio. Imagínense qué tortura para el pobre animal (me refiero al gato, claro): ver sardinas y no poder comérselas. Tampoco le prestaba atención. Ni siquiera se extrañaba cuando el gato se pasaba dos noches seguidas sin regresar a casa.

El peso que perdía el gato era inversamente proporcional al peso que ganaba don Simeón Patipanza. Uno estaba cada vez más flaco y el otro cada vez más gordo y barrigón.

Pero además, aquel gato sin nombre estaba cada día más triste. Hasta que enfermó, como era de esperar.

Lo llevaron al veterinario, le pusieron dos inyecciones, le dieron tres jarabes de aceite de bacalao, le vendaron la cabeza y le cobra-

ron tres potes de mermelada a su dueño. Don Simeón Patipanza pagó de mala gana porque le parecía un precio excesivo.

—¡¡¡Tres preciados potes de mermelada!!! ¡¡¡Nada menos que tres!!! Me voy a arruinar con este gato holgazán que no sirve ni para cazar ratones —iba rezongando don Simeón Patipanza durante todo el camino de regreso.

Pero el gato enfermó aún más. Luego se puso grave, y más tarde cayó en coma.

Fue entonces cuando don Simeón Patipanza llamó a doña Flautina.

—Fíjese que he pagado por él tres potes de mermelada y ahora se ha puesto peor. No sé qué le pasa —protestaba el dueño.

—Yo lo resolveré en un dos por tres. Sólo necesito seis minutos —dijo doña Flautina, y salió corriendo.

Durante el primer minuto llegó a una tienda de plantas medicinales; en el segundo minuto compró albahaca, romerillo, menta, manzanilla y pétalos de amapola; en el tercer minuto fue a la pescadería y compró ocho sardinas frescas; en el cuarto y quinto minuto, preparó un té caliente con las plantas; y en el sexto minuto, regresó a toda prisa a casa de don Simeón Patipanza.

Doña Flautina tomó al gato entre sus brazos, lo meció en un sillón y le cantó una tonadilla sobre una gata azul. Luego le dio a tomar del té, y finalmente lo premió con las ocho sardinas.

En un dos por tres, el gato empezó a bailar por toda la casa.

—¡Listo! —dijo doña Flautina.

Don Simeón tenía la boca abierta del

asombro. Jamás en su vida había visto a un gato bailarín, mucho menos a un gato amarillo.

—¿Cuánto le debo? —preguntó el dueño.

—Seis potes de mermelada o el gato —dijo doña Flautina rápidamente.

—¿Seis potes de mermelada? ¿Se ha vuelto loca? Eso es demasiado. No, no, mejor llévese al gato.

Doña Flautina estaba feliz. Sabía que don Simeón Patipanza jamás se desprendería de seis potes de mermelada. Así que cargó con su gato y salió brincando por la puerta.

El gato estaba contentísimo. Lo que no le gustó fue el nombre que le puso su nueva dueña.

—Te llamarás Federico Ambrosio Gorosteaga Montesinos —dijo doña Flautina, eligiendo con esmero los dos nombres y los dos apellidos que más le gustaron de la guía telefónica.

Coincidirán conmigo en que era un nombre poco apropiado para un gato amarillo como aquél. Así que mejor lo dejamos en gato a secas, ¿no creen?

Algo que mantenía al gato de excelente humor era la cantidad de leche fresca que tomaba cada mañana, las sardinas tornasoladas que le servía doña Flautina para la cena, las constantes caricias y mimos que recibía, y los paseos matutinos por todo el pueblo.

Con decirles que desde entonces ha engordado muchísimo, le han salido bigotes nuevos y anda siempre muy animoso detrás de su dueña...

Lo que nadie quiere creer todavía, por más

que don Simeón Patipanza lo haya regado por todo el pueblo, es que doña Flautina curó al gato en un dos por tres.

4
El día en que doña Flautina descubrió lo que ya estaba descubierto

Equivocarse es tan común como tropezar y caerse por la calle, sobre todo, cuando hay dos o tres pedruscones atravesados y un hueco invisible plantado en medio del camino (esos huecos que uno nunca ve hasta que se cae en ellos). También doña Flautina se equivocaba con frecuencia. Confundía las direcciones, se le olvidaban los nombres, y juraba que las cosas estaban donde no estaban.

Por eso creyó que tenía la razón cuando no la tenía. Al menos, no completamente.

Se dio cuenta el día en que don Gervasio fue a visitarla. Don Gervasio era el nuevo vecino de enfrente, el de las dos matas de mango y el perro rabicorto. Tenía ochenta y dos años, unas gruesas gafas moradas y la cabeza lisa como un huevo de avestruz. Solía cubrirse la cabeza con un sombrero de alas anchas que heredó de su padre, que también era calvo. Y usaba un delantal anaranjado cada vez que preparaba una ensalada de huevos con patatas y cebollas, e incluso cuando se afanaba en darle un toque mágico a su famoso té de girasoles.

Don Gervasio buscaba cualquier ocasión para hablar con doña Flautina. Los temas podían ser los más diversos. Lo mismo charlaban de lo mucho que habían crecido los nietos de Ramón y Ramona, que de lo mala que había sido la cosecha de ese año. Se sentaban en el portal de Gervasio, en unas mecedoras de cedro muy confortables, y soltaban un montón de palabras entre sorbito y sorbito del té de girasoles, que con tanto cariño preparaba el anciano.

Pero ese día don Gervasio quiso visitar a su amiga. Estaba algo nervioso, como si en vez de ochenta y dos años tuviera doce. Le llevaba un girasol, dos mangos filipinos y una nota con letra de molde que decía:

Querida vecina:
No sabe cuánto me gusta
charlar con usted.

Cuando doña Flautina leyó la nota, se sintió muy halagada. Nunca nadie le había dicho algo tan bonito. ¡Con lo que a ella le gustaba charlar!

—Ay, gracias, don Gervasio —suspiró doña Flautina—. La verdad, no sé qué decir. Es usted un caballero.

—Sólo quiero tener siempre el privilegio de ser su amigo —dijo don Gervasio con voz queda y ceremoniosa—. Usted es la mujer más hermosa y amable del pueblo, créame.

—Me ruboriza usted, don Gervasio... ¿Le apetecen unos huevos con chorizo y un juguito de mango?

Se sentaron en el portal, en unas mecedoras muy viejas que conservaba doña Flautina. Hacía tiempo que habían perdido el balancín, así que ahora parecían un par de sillas. El ga-

to amarillo ronroneaba entre las acariciantes manos de su dueña. El perro rabicorto de don Gervasio se había acostado a su lado y levantaba las orejas cada vez que pasaba alguien en bicicleta.

—Siempre he dicho que este perro quiere ser ciclista. En cuanto ve una bicicleta, mira la cara de alegría que pone —reía don Gervasio.

Los ancianos estaban tan felices de compartir una tarde tan fresca que no notaron las habladurías de ciertos vecinos, quienes aseguraban haber visto a un par de viejos ridículos enamorándose en un portal, en lugar de lo que veía la mayoría de la gente: un par de joviales amigos que se sentían a gusto juntos.

Para no hacerles el cuento largo, iré un poco más deprisa. Doña Flautina preparó los huevos con chorizo en un dos por tres, y el jugo de mango en un santiamén, pero cuando don Gervasio quiso escuchar un disco de su época, doña Flautina dijo con pena:

—Mire usted, don Gervasio, que yo no tengo tocadiscos. ¿Prefiere que le cante?...

Por más que don Gervasio estimara a doña Flautina, declinó tal ofrecimiento con un gesto que pretendió ser cortés. La voz de doña Flautina era más desafinada que la de un cuervo acabado de levantar.

—Bueno, podríamos escuchar la radio. Hay un programa de música que sale ahora a las siete.

—Mire usted, don Gervasio, tampoco tengo radio. ¿De veras que no prefiere que le cante?

Don Gervasio sacó algo de su bolsillo e hizo girar un botón.

—Hombre precavido vale por dos. Yo suelo cargar con mi pequeña radio para no perderme mi programa favorito. Escuche usted, doña Flautina.

Del diminuto aparato comenzó a salir una música delgada y cadenciosa. Doña Flautina suspiró. Era una canción que solía cantar su abuela y que ella ya apenas recordaba. Don Gervasio se ajustó sus gafas moradas. Tenía los ojos posados en una nube, también morada, que se desvanecía entre los rayos púrpuras del sol. Ambos amigos se dejaron envolver por la música que provenía del pequeño aparato y hasta creyeron estarse balanceando en aquellas mecedoras sin balancines. La música les hacía niños otra vez, les hacía evocar juegos y aventuras, les hacía acordarse de amigos dispersos por el tiempo, los trasladaba de un lugar a otro con mágica facilidad.

—Ay, don Gervasio —dijo doña Flautina cuando terminó la melodía—, cuánto desearía tener una radio para escuchar mis canciones favoritas.

Seguro pensarán que don Gervasio, presto a complacer a doña Flautina, le regaló su pequeña radio portátil. Acertaron. Y doña Flautina, colorada y feliz, dio mil gracias y un beso en la despejada frente de su buen amigo.

Desde entonces, además de escuchar el trinar de los pájaros, doña Flautina también escucha algún que otro programa que emiten por la radio.

Pero el cuento no se termina aquí. De eso nada. Al día siguiente, doña Flautina aprendió muchas cosas más.

Don Gervasio cruzó otra vez la calle. Esta vez, con el pretexto de pedir ayuda.

—Por favor, doña Flautina, si fuera usted tan amable y se tomara la molestia de arreglar mi televisor. Le han salido rayas.

Doña Flautina no tenía la menor idea de cómo curar a un televisor de un mal de rayas, pero como tenía fama de resuelvelotodo, cruzó la calle para socorrer a su vecino y, de paso, volver a darle las gracias por la pequeña radio.

—Yo esto lo soluciono en un dos por tres, en un tin-marín y en un santiamén —dijo doña Flautina.

Acto seguido salió corriendo en busca de un enfermero de televisores. Me parece que los llaman técnicos y suelen saber mucho del mal que aqueja a esos aparatos difusores.

—¡Cómo no se me había ocurrido antes!

—dijo don Gervasio cuando vio aparecer nuevamente a doña Flautina con un técnico, largo y flexible como una marioneta.

¿Acaso dudan de que doña Flautina supiera la manera más fácil de resolver los problemas? Ahí tienen la prueba de su ingenio. Si un televisor anda rayado, lo más prudente es llamar al que más sabe de rayas, digo, de televisores.

Al técnico no le tomó un dos por tres arreglar el aparato, pero tampoco tardó mucho más.

Las rayas se volvieron personas, y las personas hablaban sobre el tiempo.

—¡Es maravilloso! —dijo doña Flautina efusivamente—. Mañana va a llover un poco por la tarde. Y yo me he enterado antes de que llegue mañana.

Doña Flautina solía sospechar cuándo iba a caer un aguacero con una sencilla observación de las nubes, pero comprendió que era más sencillo y fiable enterarse por la televisión.

Ese mismo día, doña Flautina compró un televisor chiquitín para enterarse de cómo iba a estar el tiempo. Pero además, para saber qué pasaba en otras partes del mundo, más allá de su pueblo. Y para ver programas sobre descubrimientos científicos, sobre la vida de grandes héroes o sobre cómo llevar una dieta equilibrada. Sin embargo, la mayor parte del tiempo permanecía apagado: doña Flautina se complacía más leyendo un buen libro.

Días más tarde, compró una cocina eléctrica de dos quemadores donde pudo ensayar nuevas recetas de cocina (pero el pavo prefirió seguir cocinándolo al carbón, sabía tan delicioso…). Y compró una lavadora pequeña, mucho más veloz y diestra que sus manos. Y dio mil gracias por la nevera que le dio don Emetelio, donde los alimentos se conservaban fresquitos. Y se hizo con un ventilador verde cuyas aspas ventilaban casi toda la casa. Y aceptó la tostadora con la que le obsequió don Gervasio por el Día de las Mujeres Increíbles (una celebración que don Gervasio había inventado en honor a doña Flautina). Ahora los panes le quedaban doraditos y crujientes, y ambos los comían de tarde en tarde, con un poco de margarina y una taza de chocolate caliente.

Doña Flautina tuvo que reconocer que había estado equivocada. Tan provechoso era saber cómo se hacían las cosas sin aparatos

eléctricos, como saber usarlos. Por algo se habían inventado, ¿no?

Comprendió que la carne en el frigorífico se conservaba mucho mejor que con sal y especias, que los zumos de guayaba eran más rápidos y fáciles de hacer en una batidora que batidos a mano, que la ropa quedaba más lisita con una simple plancha que tendida al sol, que las lentejas se ablandaban más rápido en una olla a presión que cocinada a fuego lento... En resumen: descubrió lo que ya estaba descubierto desde mucho antes de que ella naciera.

Ahora era doblemente feliz.

Ah, y claro que aprendió que la hierba se cortaba más rápido con una segadora y que quedaba mucho más parejita y esponjosa. Adivinen quién se lo enseñó. ¡Ésa misma!

5
El día en que doña Flautina hizo maravillas con una semilla

El sol fue el primero en despertarse. La segunda en hacerlo fue doña Flautina. Después se fue despertando la gente, poco a poco. Algunos querían alargar la noche hasta el mediodía y se quedaron roncando a pierna suelta, como si el día estuviera pintado en la pared.

Doña Flautina iba para allá y para acá, como de costumbre, animosa y veloz: se calzó las alpargatas, se lavó los dientes y la cara, se

alisó el pelo blanco con un peine desdenta-
do, se puso una bata de flores malvas, que
era su favorita, compró leche fresca, le sirvió
al gato, se preparó una taza caliente de café
con leche, abrió las cuatro ventanas de su casa, cantó dos estrofas de un viejo romance,
fregó, sacudió el polvo, barrió, e hizo y des-
hizo mil cosas casi al mismo tiempo.

Pensarán que cuando el sol trepó a lo más
alto del cielo, ya doña Flautina debía de estar
extenuada. Pero no. Estaba fresca como una
lechuga y cantarina como un sinsonte (sin áni-
mo de ofender a los sinsontes).

Iba rumbo a la plaza del pueblo, acompa-
ñada de su gato amarillo, cuando vio un quiosco nuevo en una esquina de la calle principal.

Se acercó y encontró a un hombre con una
risa más larga que la cara.

—Todo tipo de semillas. Semillas grandes, medianas y chiquillas. Semillas rojas, negras y amarillas. Semillas multiformes y sencillas. Semillas y semillas y semillas.

Cada vez que aquel señor pronunciaba la palabra «semilla», la sonrisa amenazaba con ensanchar las paredes del quiosco.

Doña Flautina pensó que con una semilla se pueden hacer maravillas y compró una por un par de céntimos.

El señor cara de risa creyó que había hecho una venta redonda. Nadie había pagado tanto por una semilla de calabaza.

Pero doña Flautina sabía que la semilla valía mucho más.

El patio de la casa de doña Flautina era tan espacioso, que cabían un montón de doñas Flautinas tomando el sol. Pero doña Flautina lo

tenía lleno de trastos viejos, además de mucho carbón para cocinar pavos en días de fiesta.

«Para sembrar esta semilla debo limpiar el patio y preparar la tierra», pensó doña Flautina. En un dos por tres, en un tin-marín y en un santiamén el patio estuvo limpio y la tierra blanda y mojada. Claro que no lo hizo doña Flautina sola. Los vecinos le ayudaron con muchísimo gusto. Y el que más disfrutó en hacerlo fue don Gervasio, que mojó la tierra con una regadera morada como sus gafas. Hasta el gato hizo lo suyo: ablandó el suelo con sus patas amarillas. El perro rabicorto de don Gervasio hizo muy poco, la verdad. Era un perro rechoncho y holgazán, pero al menos estuvo allí, acompañándolos.

Luego doña Flautina sembró la semilla y se sentó a esperar.

Al ver que la semilla no quería crecer en un dos por tres, ni en un tin-marín, ni siquiera en un santiamén, doña Flautina dejó que se tomara su tiempo para crecer cuando mejor le pareciera. Y cuando mejor le pareció a la semilla crecer, fue después de tres lluvias y mucho sol.

Lo contenta que se puso doña Flautina cuando vio por fin una pequeña enredadera trenzada sobre la tierra húmeda del patio. Pero más contenta se puso al día siguiente, cuando vio que la enredadera había crecido.

Durante varios días, la enredadera estuvo creciendo a ras del suelo, y las raíces iban estirándose hacia lo profundo de la tierra.

Después del tercer domingo de junio, a la enredadera comenzaron a asomarle unas hermosas flores amarillas. Tan amarillas como el gato de doña Flautina.

Y de las flores, ¿qué creen que salieron? Nada menos que calabazas. No una, sino varias. Parecían pelotas anaranjadas entre tramo y tramo de tallo verde.

Entonces doña Flautina comenzó a hacer maravillas con las calabazas. Tomó una y en un dos por tres hizo un pastel de calabaza en el horno que le regaló don Anselmo (¿no les había dicho que don Anselmo, el panadero, le regaló a Doña Flautina un horno nuevecito?). Luego le dio un pedacito a cada vecino y todos aseguraron que era el pastel de calabaza más sabroso que habían probado en toda su vida. Hasta el gato se relamió los bigotes.

Con otra calabaza hizo unas exquisitas frituras; y con otra, un delicioso batido de calabaza; y con otra, una sopa como para chuparse los dedos; y con otra, un apetitoso

flan; y con otra, un riquísimo pudín; y con otra, un suculento postre que su mamá solía hacer los domingos: cascos de calabaza en almíbar.

Las maravillas siguieron multiplicándose en maravillas. Calabazas que se convirtieron en lámparas festivas, en sombreros para los espantapájaros, en barcas para que los niños jugaran, en una confortable butaca para el gato amarillo y en mil cosas más. Doña Ricolina Mendieta, viendo la capacidad de doña Flautina de convertir calabazas en cosas increíbles, le propuso, muy bajito para que nadie la escuchara, que le hiciera un coche como el de Cenicienta. Claro que doña Flautina no era un hada ni tenía ninguna varita mágica, como llegó a creer doña Ricolina Mendieta, pero como sí era una anciana muy complaciente, adornó una calabaza con merengue, confeti y golosinas, hasta convertirla en el más lujoso de los carruajes principescos.

Los niños, los menos niños, el gato amarillo y el perro rabicorto (estos últimos, en representación de las demás mascotas) agradecieron a doña Flautina todos los regalos de calabaza y quedaron en verse, como cada día, al día siguiente.

Tiempo después, volvió a pasar doña Flautina por el quiosco del vendedor sonriente, y después de darle los buenos días, le contó las maravillas que había logrado con tan sólo una semilla.

El vendedor puso la boca redonda y le suplicó a doña Flautina que le vendiera una semilla de calabaza, que aquélla era la única que

le quedaba y que pagaría cualquier fortuna por algo así. Doña Flautina sonrió amistosamente y le dio dos, completamente gratis.

6
El día en que doña Flautina puso fin a un chisme largo y gordo

L os chismes empiezan por ser pequeños, pero luego crecen y crecen hasta formar una montaña de habladurías, palabras baratas y enredos. Como ustedes mismos podrán darse cuenta sin que nadie se lo diga, la empresa de achatar un chisme de tales proporciones es una hazaña descomunal, enorme y gigantesca.

Para doña Flautina también lo era, claro está.

El chisme surgió el lunes, a primera hora de la mañana, y nadie sabe desde qué puerta, plaza o calle empezó a rodar, pero de lo que todo el mundo tenía la certeza era de que pronto se volvería el chisme más gordo del pueblo.

—¿Te enteraste de lo que le pasó a Cuquita, la sobrina de don Antonio? —le gritó una vecina a la otra desde su balcón de balaustrada.

—No. ¿Qué? ¡Cuenta, cuenta! —dijo la otra vecina desde su balcón de barandilla con hierro forjado.

Entonces la vecina del balcón de balaustrada contó lo que alguien le había contado: que Cuquita no tenía un novio, sino dos.

La vecina del balcón de barandilla con hierro forjado bajó corriendo las escaleras y se fue directita a la plaza mayor del pueblo.

—¿Se enteraron de que Cuquita, la sobrina de don Antonio, anda de amoríos con tres mozos del pueblo?

—La muy fresca —dijo una señora con cara de sapo—. ¡Mira que tener cuatro novios! ¡Qué desvergüenza!

—¿Cinco novios, dijiste? —preguntó doña Filiberta aguzando el oído con dificultad—. ¡Qué horror! En estos tiempos ya no queda pudor.

—Tan modosita que se veía… —comentó don Ceferino—. Tendré que alertar a mi hijo mayor. El pobre muchacho se había hecho ilusiones con Cuquita. Y ella por ahí… ¡Nada menos que con nueve novios!

Así, al cabo de la media hora, ya Cuquita tenía dieciséis pretendientes; al cabo de la hora, veinticuatro enamorados; y a las dos horas y media, Cuquita tenía por novios a casi todos los mozos solteros del pueblo.

El chisme siguió enredándose y creciendo. Hasta que de tanto rodar por aquí, por allá y por acullá, topó con la puerta de doña Flautina.

Cuando doña Flautina tropezó con el chisme, ya éste era demasiado grande. Medía quince cuadras por cinco kilómetros de río, que era aproximadamente el tamaño de todo aquel pueblo.

—¿Se enteró ya, doña Flautina?

—¿De qué?

—No me diga que no lo sabe todavía. Es un chisme tremendo. Un chisme gordísimo, grandísimo, buenísimo y…

Antes de que el chisme engordara unos kilos más, doña Flautina creyó prudente someterlo a una dieta rigurosa.

—Fíjese que no me gustan los chismes, doña Robustiana. Tengo muchas cosas que hacer.

Para cualquier persona con dos (o tres) dedos de frente, estaba claro que a doña Flautina no le interesaba, en lo más mínimo, el tremendo chisme que Robustiana tenía en la punta de la lengua. Pero hay gente terca en todas partes. Gente que tiene poco que hacer con su vida y busca oficio en hablar de los demás.

Robustiana terminó contándole el chisme al gato amarillo. Pero al parecer, Robustiana no sabía que los gatos le tienen más miedo a los chismes grandes que al agua fría.

Así que el gato amarillo salió disparado tras su dueña.

Entre tanto, el chisme seguía girando por las mismas casas, una y otra vez, hasta que, de tanto ir y venir sin reposo, llegó a oídos de don Antonio, el tío de Cuquita.

El tío se puso morado de la ira, verde de la rabia y rojo de la vergüenza.

—¿Dice usted que mi sobrina Cuquita tiene mil novios? Ya verá cuando la encuentre. Tendrá que oírme...

Como los chismes grandes corren el riesgo de detonar, como las bombas de tiempo, el chisme sobre los novios de Cuquita se tornaba cada vez más peligroso, por lo que era preciso que alguien le pusiera fin.

Mientras, Cuquita disfrutaba de un libro con portada azul que había comprado en la librería de don Vicente. Estaba sentada, muy solita y tranquila, en el banco de un parque.

—Mírenla, con esa cara de yo no fui —dijo don Anselmo al pasar.

—Mírenla, con esa cara de gatita de María Ramos, que tira la piedra y esconde la mano —dijo doña María al pasar.

—Mírenla, con esa cara de mosquita muerta —dijo doña Clementina al pasar.

—Mírenla, con esa cara de quien no rompe un plato —dijo doña Ramona al pasar.

Todo el que pasaba le veía una cara diferente, todas feas. Pero Cuquita seguía imperturbable, con cara de estar muy entusiasmada con la lectura.

Don Antonio fue en busca de doña Flautina para pedirle ayuda. Estaba muy preocupado de que su sobrina tuviera más novios

que los granos que hay en una mazorca de
maíz.

—Ay, vecina, yo la he criado con todo
amor. Y no es que esté chapado a la antigua.
No, señor. Soy un hombre del siglo veintiuno.
Pero esto ya se pasa de rosca... Se pasa de
castaño oscuro... Se pasa de...

—Pero todavía no me ha dicho en qué
puedo ayudarlo, don Antonio —lo interrum-
pió doña Flautina con su sonrisa canosa y
suave.

—Es mi sobrina Cuquita. Resulta que en
todo el pueblo ya se sabe que tiene mil novios. No uno, ni dos, ni tres. ¡¡¡Mil!!! Son de-
masiados novios para una sola persona.
Fíjese que si tuviera uno solo, yo no me eno-
jaría tanto, con tal de que fuera buen muchacho y la quisiera bien.

Doña Flautina se echó a reír. Al gato también le dio risa, pero se mantuvo serio para disimular.

—¿Usted cree en ese chisme, don Antonio?

—Bueno, es que... «cuando el río suena, es porque agua lleva»...

—¿De veras cree que se pueden tener tantos novios, don Antonio? En este pueblo apenas hay cien habitantes, incluidas las mascotas de cada uno de sus pobladores.

—Es cierto, ¿cómo no lo había pensado antes?

—Y Cuquita sería la primera en darle la noticia de que tiene un pretendiente. ¿Cree que alguien puede ocultar que está enamorado?

—Pues no, creo que no —dijo don Antonio.

—Ya lo ve usted, vecino. Es un tremendo

chisme y nada más. Suele pasar en pueblos chiquitines como el nuestro… «Pueblo chico, infierno grande.»

—Ni lo quiera Dios, doña Flautina —se alarmó don Antonio, que creía que el infierno era un lugar sin energía eléctrica.

Mientras hablaban, doña Flautina vio que su vecino estaba realmente muy preocupado. Él quería mucho a su sobrina y temía que aquel chisme pudiera lastimarla, en el peor de los casos, o espantarle a los novios, en el mejor. Como era tan poco agraciada, la pobrecilla, y a veces tenía tan mal genio, el chisme sería el pretexto para que ninguno se le acercara.

Doña Flautina echó sus blanquísimos y largos cabellos hacia atrás, arrugó un poquito la frente y dijo:

—No se preocupe, don Antonio, este chisme lo acabo yo en un dos por tres, en un tin-marín y en un santiamén.

Y salió lo más rápido que pudo hacia la plaza mayor del pueblo, donde algunas personas solían reunirse para charlar, otros para pasear al perro y otros, los menos, pero los más parlanchines, para inventar chismes.

—¿Se han enterado de que hay unos chismosos recontrachismosos y lengüilargas que andan diciendo por ahí que Cuquita tiene muchos novios? —dijo doña Flautina en tono confidencial.

—¿De veras? ¡Qué barbaridad! Con lo buena que es esa muchacha —dijo doña Ramona con cara de quien no rompe un plato.

—¿De veras? Tan buena chica, ¿no? —dijo doña Clementina con cara de mosquita muerta.

—¿De veras? Pero si ella es una santa —dijo doña María Ramos con cara de quien tira la piedra y esconde la mano.

—¿De veras? La gente es muy injusta, ¿no creen? —dijo don Anselmo con cara de yo no fui.

—¿De veras? ¡Mira que a la gente le gusta el chisme…! —dijo doña Robustiana con una extraña picazón en la punta de lengua.

—¿De veras? Tan modosita que es Cuquita —dijo don Ceferino tiernamente.

—¿Qué dicen? ¿De quién hablan? —dijo doña Filiberta, aguzando el oído con dificultad.

—¿De veras? Cuando yo lo digo. Hay gente mala que se entretiene en regar chismes —dijo la señora con cara de sapo.

—¿De veras? Por eso yo no me meto en la

vida de nadie —dijo la vecina del balcón de barandilla de hierro.

—¿De veras? ¿Quién habrá inventado semejante chisme? —dijo la otra vecina desde su balcón de balaustrada.

El chisme empezó a desinflarse, hasta convertirse en un humito delgado e insignificante, del que nadie quería hacer ningún comentario. Doña Flautina lo sopló bien lejos y el chisme se esfumó de una buena vez.

Don Antonio no dio una ni dos ni tres, sino mil gracias a doña Flautina.

Y Cuquita seguía tan tranquila, sentada en el banco del parque, sin darse por enterada. Cuando terminó de leer el libro, fue a la librería a comprarse otro, pero esta vez con la cubierta verde.

7
El día en que doña Flautina atrapó a un ladrón en un tin-marín

Por mala suerte para los que no son ladrones, hay ladrones en todas partes del mundo, incluso en pueblos tan pequeños y tan viejos como en el que vivía doña Flautina.

La gente notó que había un ladrón en el pueblo cuando comenzaron a desaparecer las cosas de improviso. A doña Ricolina Mendieta, por ejemplo, le desaparecieron unos pendientes de esmeraldas que, según le contó luego a la policía, habían pertenecido

a no sé qué condesa importante que era medio parienta suya. A don Bernabé le quitaron los calzones a cuadros que tenía colgados en el tendedero y que, para mayor congoja, eran sus favoritos. Doña Esperancita aseguró que el geranio del jardín ya no estaba allí, aunque todavía quedaba un poco de su olor.

Don Amador quedó desconsolado al notar la ausencia del retrato de su adorada Eugenia, que con tanto esmero había terminado de pintar la noche anterior. Y a Fiorino Filoni, el mago que solía recorrer los pueblos vecinos con «nada por aquí, nada por allá», le desapareció, como por arte de magia, uno de sus preciados conejos.

Pero el que más se lamentó en la estación de policía, donde todos acudieron a reclamar

sus pérdidas, fue sin duda don Simeón Patipanza: le habían desaparecido nada menos
que cuatro potes de mermelada.

—¿No será que se los comió y no se acuerda? —le preguntó el oficial con recelo.

—¿Cómo puede creer algo así, señor oficial? Si me los hubiera comido, lo recordaría
con todo lujo de detalles —aclaró don Patipanza—. Algún pillo ha sido el autor de semejante robo y debe pagar por ello.

En seguida todo el pueblo se puso en aler-
ta, mientras la policía reunía pistas para dar
con el ladrón. Aunque a doña Flautina no le
había desaparecido ni un alfiler, se brindó la
primera para colaborar en la captura del ma-
lechor.

—Quédese bien tranquila en su casa, doñita —le dijo afectuoso un policía bigotón y

gafotón—. Ya sabemos que podemos contar con usted para todo, pero este caso requiere de mucha perspicacia policial y es asunto que nos compete.

—Pero es algo que yo resolvería en un tin-marín —dijo sonriente doña Flautina.

A lo que el oficial respondió, un poco menos afectuoso:

—¿Por qué no lleva el gato a pasear? Déjenos a nosotros resolver este caso, mi querida señora.

Doña Flautina se fue por donde vino, sin decir nada más. El gato la siguió igualmente silencioso. Ambos se detuvieron al final de la calle y se sentaron en un banquito a ver pasar a la gente.

En el pueblo todos parecían demasiado preocupados y apenas se detenían a saludar.

Dejaban los saludos a medio decir, escurridizos en el aire:

—Buenos días, amig…

—Qué tal, queri…

—Hola, doña Flau…

Y seguían sin mirar atrás, apurados y cabizbajos.

A los diez minutos de estar sentada en la esquina de la calle, el policía bigotón y gafotón apareció ante ella.

—No es que no podamos resolver el asunto, sepa usted —comenzó diciendo el policía, mientras se enrollaba en el dedo una esquina del bigote—. Pero nos gustaría saber cómo usted podría resolver el asunto en un dos por tres. Pura curiosidad policial, sepa usted.

Doña Flautina sonrió de oreja a oreja y

mostró que todavía le quedaban tres dientes y unas cuántas muelas.

—Usted déjelo en mis manos, señor policía, y ya verá como le traigo a ese pillo en un tin-ma…

Y salió tan deprisa que dejó las últimas letras colgadas en el aire.

Como en pueblo chiquitín todo se sabe, el ladrón tardó poco en saber que ya doña Flautina estaba tras su captura, y se quedó más tranquilo que estate quieto.

Al día siguiente, se regó por el pueblo la noticia de que doña Flautina había puesto un gran letrero en la puerta de su casa:

Compro los pendientes
de esmeraldas que robó
el ladrón.
Pago lo que me pidan.
Ofrezco mi gato de propina.
(Por favor, llame a la puerta
dos veces.
Casi nunca la oigo
la primera vez.)

Doña Flautina

Algunos se acercaron por simple curiosidad, otros por averiguar cuánto sería capaz
de pagar doña Flautina por unos pendientes
robados, y otros porque dudaban de que ella
se desprendiera así como así de su fiel gato

amarillo. Y claro que hubo uno que otro que apareció con los pendientes de su tía tal o pascual, diciendo que eran los mismitos que había robado el ladrón. Pero doña Flautina aseguraba que no eran legítimos, o en otras palabras, que no eran los que había robado el ladrón de casa de doña Ricolina Mendieta.

—Pero si son igualitos, fíjese bien, doña Flautina —decía Fulanito Pérez—. Son de esmeraldas, se lo aseguro. ¡Valen una fortuna!

—Efectivamente son iguales a los robados, pero no son los robados —sentenciaba doña Flautina, siempre sonriente—. Únicamente compraré los que se llevó el ladrón de casa de doña Ricolina Mendieta.

Llegaron curiosos de todas partes, incluso de los pueblos más distantes. Doña Flautina los recibía con su acostumbrada sonrisa y les brindaba batido de calabaza, empanadas de calabaza y dulces de calabaza.

El ladrón, que se creía muy listo, pensó que doña Flautina estaba chiflada como una calabaza. ¿Cómo iba a pensar que él caería en esa trampa? Así que se alejó lo más que pudo para evitar sospechas.

Doña Flautina se fue con su gato a la plaza del pueblo y allí encontró al ladrón, muy orondo, sentadito en un banco del parque y silbando como si no hubiera matado una mosca.

—¡Ya lo tengo, tin-marín! ¡Lo tengo, tin-marín! —gritó doña Flautina dando brincos y alborotando con ambos brazos.

El ladrón salió corriendo despavorido en dirección al sembrado de verduras, pero entre col y col, ya lo esperaba el policía bigotón

y gafotón. Lo llevaron a una celda recién pintada de naranja con barrotes verdes y una ventana por donde se veía un pedazo de cielo azul.

Ni se imaginan el escándalo que armó el ladronzuelo. Lloraba tanto que no dejaba dormir la siesta a los otros prisioneros.

En el portal de casa de doña Flautina, la gente se preguntaba cómo había podido ella solita resolver el asunto…, ¡en un tin-marín!

—¡Muy fácil! —dijo sonriente la anciana peliblanca—. Suponía que el único que no pasaría por mi casa sería justamente el ladrón. Y cayó en la trampa.

—Pero… —se quedó pensativo el policía bigotón y gafotón, quien había ido a darle las gracias.

—Quien nada debe, nada teme —inte-

rrumpió don Evaristo—. Ese bandido temía ir por casa de doña Flautina porque ciertamente él tenía los pendientes.

—¿Y hubieras regalado tu gato amarillo? —le preguntó una niña muy vivaracha a doña Flautina.

—Ni por todas las esmeraldas del mundo, niña mía —dijo la viejita tomando a su mascota entre los brazos y obsequiándole con unas galletitas de avena recién sacadas del horno.

El policía continuaba pensativo, enroscándose el bigote en su dedo izquierdo y mirando a una nube que se deslizaba presurosa tras una bandada de patos.

—Bien, bien, la felicito a usted, mi querida señora —dijo por fin el policía en tono más suspicaz que amigable—. Pero el problema

fue resuelto en un día y no en un tin-marín como usted aseguró.

Doña Flautina comenzó a reír con tantas ganas que contagió a todos con su risa. Las risotadas iban tomando impulso y parecían no poder acabarse nunca. Se reía don Evaristo. Se reía doña Asunción. Se reían don Facundo y su buena esposa, doña Emerinda. Se reían doña Micaela y su primo don Felipillo. Se reía la nena de doña Perla Marina, con apenas dos meses de edad. Se reía don Gervasio, recostado en la barandilla que él mismo había arreglado para que doña Flautina pudiera reclinarse sin temor. Se reía el sobrino menor de doña Ricolina Mendieta y casi se atraganta con la piruleta de vainilla y fresa que venía relamiendo. Se reían Jacobito, Andresín y Pomarrosa, los hijos de don Sebas-

tián y doña Amapola. Se reían todos como si hubieran tomado Jarabe de Risotín, borrachísimos de risa. El policía también empezó a carcajearse sin saber por qué. El perro rabicorto de don Gervasio soltó un chistoso ladrido semejante a una carcajada ronca, y el gato amarillo lanzó un maullido muy parecido a una risita chillona.

Casi a punto de escurrirse el sol tras los tejados de las casas más lejanas, amarilloso y blando, doña Flautina logró tomar aire para decir:

—Es que el ladrón se llama Mar**tín Marín** —y siguió riéndose con más ganas.

8
El día en que doña Flautina le escribió una carta a su prima Tamborina

Tener familia es algo sencillamente maravilloso. Es como tener el universo colgado de una cometa. Es como hallar los tesoros escondidos de todos los piratas. Es como poder tocar el cielo con las dos manos.

Mucha gente tiene un papá y una mamá, y un montón de hermanitos para compartir, y dos abuelos y dos abuelas para que les cuen-

ten historias increíbles del tiempo de María Castaña, y muchos tíos y tías…, y más primos que patas tiene un ciempiés. Pero doña Flautina no tenía ni papá ni mamá, ni hermanitos, ni abuelos ni abuelas, ni tíos ni tías, ni primos ni primas. Alguna vez dicen que tuvo una familia muy numerosa, pero de aquel tiempo sólo le quedaban un montón de recuerdos y unas cuantas fotos paliduchas. Estaba sola. Bueno, sola, sola, lo que se dice sola completamente, no. Tenía un gato amarillo, ya saben. Y también muchísimos amigos. Pero además, le quedaba una prima lejana (tan lejana que necesitaba una semana para ir a visitarla en tren).

De vez en cuando, doña Flautina recibía una carta o una postal de su prima. Entonces se alegraba tanto que bailaba un pasodoble con su gato, y éste salía huyendo de los pisotones que sin querer le daba su dueña.

Pero uno de esos días en que llueve mucho y uno se siente más solo que de costumbre, no puedes quedarte a esperar a que llegue carta alguna. Y eso fue, al parecer, lo que le pasó a doña Flautina en cierta ocasión. Sin esperar a que llegase carta de su prima, le escribió una. Le pegó un oloroso sello (creo que olía a jazmín o a madreselva), y la echó en el buzón más cercano.

Cuando la prima recibió la carta, que casualmente era también un día lluvioso en el que se sentía muy sola, ni se imaginan los brincos que le dio el corazón. Era un desorden dentro del pecho: *piqui pacata rim bom bom chaqui chiqui ton tin ton*. ¡Qué emocionada se sintió la prima Tamborina nada

más oler el sello! Aunque en realidad olía a jazmín o a madreselva, a Tamborina le pareció que olía a rosas, a geranios, a violetas, a dalias, a azucenas, a lirios y a cuanta flor olorosa existiera en el mundo.

La carta todavía está guardadita y perfumada en una caja de música que con mucho cariño conserva doña Tamborina. Si algún día abren esa caja de música, además de un olorcito muy viejo y delicioso, y de un melódico tintineo de campanitas, podrán leer lo que aquel día lluvioso le escribió doña Flautina a su prima Tamborina y que, si mal no recuerdo, decía así:

Primer día de primavera.
Pueblo Viejo,
última casa,
al final de la calle.

Querida prima Tamborina:
Hoy no es tu cumpleaños, ni tampoco el día de las primas, pero no importa: hoy es un día estupendo para decirte cuánto te extraño.

El gato bien. Yo también. La que no está muy bien es la lagartija que se asoma a la ventana todos los días. He notado que ya no es tan rápida como antes… ¡Ni siquiera saca su pañuelito rojo para saludarme! Es una pena, ¿no crees?

Don Gervasio me trajo ayer otro girasol. ¿Te conté que don Gervasio tiene un perro rabicorto y dos matas de mango? El girasol que me trajo ayer es más grande que el que me trajo la semana pasada, y mucho más amarillo, me pa-

rece. *Ay, es tan caballero este Gervasio. Y si vieras lo apuesto que es. Usa un sombrero ancho y unas gafas moradas que le quedan muy bien para su cara. Es alto, bien parecido, y perfumado de pies a cabeza. Huele a mar Pacífico..., ¿o acaso a galán de noche? De cualquier modo, a fragancia de primavera. Es una suerte que se haya mudado enfrente de mi casa. ¡Si vieras lo bien que lo pasamos charlando en el portal!*

Afuera está cayendo un tremendo aguacero de mayo. En los cristales las gotas se dan de cabeza y luego resbalan suavemente hasta desaparecer en el descansillo de la ventana.

Espero que ya no tengas dolores de barriga. Creo que comes mucho, querida prima. Dos pasteles de chocolate, veinte dulces de guayaba y dos tarrinas de helado de fresa es demasiado para un solo día. Tómate un té de hierbabuena o de manzanilla, o mejor, uno de almendra molida, de tomillo o de menta. Endúlzalo con miel de abeja y tómatelo cuando se despierte el sol. Y si no resultara, ponte un pedazo de esparadrapo en la boca y asunto resuelto.

Aunque la letra me salió un poco torcida, mi cariño va derechito hacia ti.

Saludos a Romualdo Montoya Valladares. Tampoco debes darle tanta comida a ese pobre perro. En las fotos se le ve muy gordo.

Ah, y no olvides que para cualquier cosa que necesites, aquí me tienes. Sabes que puedo resolver todo en un dos por tres, en un tin-marín y en un santiamén.

Un abrazo de tu prima,

Flautina Perejil del Monte

P.D.: Mañana te escribo otra carta más bonita que ésta.

9
El día en que doña Flautina bajó la luna y las estrellas

Hay personas que sueñan mucho y otras que sueñan demasiado. Doña Flautina era del segundo grupo.

Soñaba que podía criar peces de colores en su larga cabellera blanca. Soñaba que en su casa vivían duendes, fantasmas, hadas, gnomos y una calabaza parlanchina. Soñaba que era una cantante de ópera y que la gente le pedía «¡otra!, ¡otra!, ¡otra!, ¡otra!», y que ella salía una y otra vez de detrás del telón pa-

ra saludar al público que la aclamaba. Soñaba que su gato amarillo descendía de una aris-
tocrática estirpe de tigres africanos, y que era
ésa la razón de su hermosa pelambre dora-
da. Soñaba con recorrer el mundo en un
avión de chocolate para írselo comiendo por
el camino…, pero ese sueño se quedaba casi
siempre en el aire…

Cuando no estaba resolviendo cosas, doña Flautina soñaba.

Y con los sueños resolvía aquello que no
podía resolver en un dos por tres, en un tin-
marín o en un santiamén.

—Soñar no cuesta nada —solía decir cuando alguien se asombraba de la cantidad de
sueños que cargaba doña Flautina a todas
partes.

A veces, de tanto soñar, los sueños iban

cobrando forma hasta pasar del mundo de la fantasía al mundo de la realidad. El truco consistía en soñar seguido y sin parar. Con decirles que una vez soñó con volar sobre un pato y terminó haciéndolo: en el pato colorado de la feria del pueblo, que giraba y giraba junto con los otros patos de la noria.

De cualquier manera, para doña Flautina lo más importante era poder soñar. No ponía límites a sus sueños. Podían ser tan altos y gordos como a ella se le antojaran.

En una ocasión a alguien se le ocurrió decir que doña Flautina era capaz de bajar la luna y las estrellas en un dos por tres, en un tin-marín y en un santiamén. Quien no conociera a doña Flautina podría creer que aquello era una reverenda locura, pero para los vecinos del pueblo resultaba tan posible

como que ella pudiera caminar por la cuerda floja del circo.

—¡Imposible! —aseguró un viajero de Turislandia—. La luna pesa demasiado y no cabe ni en mis enormes maletas.

—¡Habrase visto qué manera de soñar! —susurró una señora, que era más ácida que un limón y más amarga que un pomelo—. Esa señora debería estar zurciéndose mantas de franela, en vez de estar con tanta soñadera sin sentido.

—¿A quién se le ocurre tamaña osadía? —comentó un estudiante de astronomía—. Las estrellas quedan a millones de años luz, y algunas ni siquiera existen ya. Lo que queda en el espacio es apenas su luz…

Los que conocían bien a doña Flautina preferían pensar en las mil y una formas en que la anciana se las arreglaría para bajar la luna y las estrellas.

Para los niños resultaba divertidísimo imaginar la manera que elegiría doña Flautina para traerles, si no la luna entera, al menos un cuarto menguante.

—Usará una escalera de calabaza —decía Gracielita, la más chica de don Filomeno.

—Inflará miles de globos de colores y se sujetará a ellos con un cordón de zapatos —aseguró Tomás, un niño tan alto que parecía mayor—. Como es tan delgadita, se elevará hasta la luna en un dos por tres.

—Se hará una larga trenza blanca y ensartará a la luna en un lazo —dijo Margarita, quien también tenía unas trenzas muy largas.

«A lo mejor contrata a una bandada de patos para que la eleven», dijeron unos. «Quizá

fabrique su propio avión con cáscaras de calabaza secas», especularon otros. «Tal vez ella conozca un camino secreto a través de la escalera de la noche», dijo uno que otro.

Para los adultos, era un verdadero misterio la forma que usaría doña Flautina para bajar la luna y las estrellas. Algunos sacaron cuentas de cuánto podría costar una estrella nueva y una de uso: quién sabe si sus ahorros les alcanzarían para comprar una o dos cuando doña Flautina estuviera de regreso. Entre tanto, se reunían cada tarde, ya sea en la plaza mayor, o en la alameda, o en el ultramarinos de don Viscaíno, o en cualquier parque, para adivinar cómo doña Flautina bajaría la luna y las estrellas.

—Tendrá que bajarlas una a una. Ya ven que son demasiadas las estrellas —comentó don Casimiro.

—Yo creo que doña Flautina tuvo una tía astronauta, ¿o fue su prima? —trataba de recordar doña Anastasia.

—Ese gato amarillo segurito que es extraterrestre —decía don Gaspar—. Yo lo he visto con mis propios ojos subirse a los tejados con extrema facilidad. Casi volando.

—¿No será que doña Flautina es bruja? —se atrevió a preguntar don Raimundo, y acto seguido, aclaró—: Digo una bruja buena, de las que hacen bondades y no maldades.

—Para mí que ella ya tiene la luna y las estrellas encerradas en calabazas. ¿Acaso no han visto cómo brillan sus calabazas apenas se esconde el sol? —dijo don Anselmo.

«A lo mejor sube con el impulso del chorro de agua que sale por la manguera de los bomberos», dijeron unos. «Posiblemente baje la luna con un potente imán, pues dicen que la luna es de plata», especularon otros. «Lo más probable es que pesque las estrellas con un anzuelo electrónico», dijo uno que otro.

En el pueblo no se hablaba de otra cosa.

«Tengo que encontrar la forma de escapar de aquí», pensaba el ladrón desde su celda anaranjada con barrotes verdes y un pedazo de cielo azul asomado a su ventana. «En cuanto Flautina baje la luna y las estrellas, se las robaré todas y con ellas compraré cinco planetas como éste. Podría dedicarme a traficante de estrellas… ¡Tremendo negocio!»

«Me colgaría las estrellas en el pecho», pensaba, por su parte, el policía bigotón y gafotón. «Con eso subiría de rango y todos los ladrones temblarían al verme pasar…»

«Podría mandar hacerme un dormitorio de

luna», pensaba doña Ricolina Mendieta mi-rándose al espejo. «Y un anillo grandote con una estrella blanca en el centro..., y un collar de estrellas rojas y azules..., y una pulsera de estrellas amarillas como el sol..., y una diadema de estrellas verdes...»

«Con un rayo de estrella podría hacer un farolito para colgarlo en el portal de doña Flautina», pensaba ilusionado don Gervasio. «Será maravilloso conversar bajo la luz silenciosa de una estrella..., y por fin, podré decirle cuánto la quiero...»

«Si doña Flautina trae la luna, podré verla de cerquita y dibujarla», pensaba Manolito, un chico tan avispado y juguetón como casi todos los niños. «Todos se sorprenderán en la escuela de lo bien que pintaré la luna.»

«Cuando doña Flautina baje las estrellas

podré por fin saber cuántas hay y clasificarlas y archivarlas como es debido. Tendré mucho trabajo, así que desde ahora empezaré a contratar más secretarios», pensaba el alcalde del pueblo.

«¡La luna, la luna!», suspiraba Cuquita. «¿Qué olor tendrá?»

Los días pasaban y la gente estaba cada vez más curiosa. Hasta que, por fin, un buen día, o mejor dicho, una buena noche, a alguien se le ocurrió preguntar:

—Díganos, doña Flautina, ¿cómo va a hacer para bajar la luna y las estrellas en un dos por tres, en un tin-marín y en un santiamén?

—¡Muy fácil! —dijo doña Flautina con una sonrisa de luna en cuarto creciente—. Soñando…

10
El día en que doña Flautina no encontraba la solución

Una mañana, doña Flautina estaba distraída, contando cuántas mariposas se posaban en una amapola y cuántos estorninos cabían en la rama de un árbol, cuando sintió un extraño olor que salía de su casa. Era un olor a hierba seca, a azúcar moreno, a café quemado, a leña encendida, a carbón derretido. Un olor a…, a… ¿Albóndigas? ¿Albóndigas quemadas? Doña Flautina necesitó dos segundos más para percatarse de que

había dejado las albóndigas sobre el carbón y que… ¡Ay, no! Un trozo de carbón hirviente había rozado un madero, y el madero había rozado otro y otro y otro hasta provocar un incendio. ¡Un tremendo incendio en su casa!

El gato pegó un brinco y salió disparado a refugiarse entre los pies de su dueña. Se armó un gran revuelo en todo el pueblo. Doña Flautina llegó lo más rápido que pudo y empezó a llenar cubos de agua en el grifo de su portal. Pero el fuego era más veloz y quemaba dos pedazos de casa en lo que ella no había llenado ni siquiera la mitad de un cubo. Gervasio intentaba en vano ayudarla a cargar y echar los cubos para aplacar las llamaradas.

Los bomberos llegaron antes de que los llamaran, e hicieron lo posible, ¡y hasta lo imposible!, por salvar algunos muebles y un viejo retrato donde aparecían, sentados en tres hileras y muy seriecitos, los familiares de doña Flautina. Pero fue inútil. Cuando por fin las llamas se escurrieron bajo los chorros de agua de las mangueras, la casa de la anciana estaba completamente achicharrada. Y las albóndigas ni siquiera se veían por todo aquello.

Fue la primera vez que alguien recuerda haber visto llorar a doña Flautina. Lloraba a lágrima viva. De cada ojo le salía un arroyuelo.

—¡Cálmese, doña Flautina! —le consolaba Gervasio—. Ya sabe que vivo solo y que mi casa es demasiado grande para una sola persona. Además, donde cabe uno, caben dos, o bueno, caben tres, porque su gato también

puede venir a vivir con nosotros. No tenga
pena, mire que le brindo mi casa con todo
gusto. Y podrá sembrar sus calabazas. Y…

Pero doña Flautina lloraba a borbotones.
Lloraba a moco tendido. Lloraba sin consue-
lo.

—Y también puede tomar el cuarto más lu-
minoso y ventilado. Y le haré té de girasoles
cada mañana, que yo lo hago riquísimo, como ya sabe. Y puede oír sus programas favoritos en la radio. A todo volumen, si quiere,
que al fin y al cabo a mí me encanta la música. Y…

Pero doña Flautina era un río de lágrimas.
Lloraba a cántaros. Empapaba todos los pa-
ñuelos que amablemente le daban los vecinos.

—Y por mí no se preocupe, que todo lo

que usted haga va a estar bien —insistía don Gervasio—. El gato también puede hacer lo que mejor le parezca. A mi perro rabicorto le caen bien los gatos amarillos. Además, su gato se ve muy educadito. ¿Que le gustan las sardinas? Pues le compro sardinas. ¿Que quiere subirse al tejado a ver la luna? Pues que se suba y se esté allá arriba maullando el tiempo que quiera. ¿Que prefiere dormir junto a la estufa? Pues que se duerma. Para mí, doña Flautina, sería un verdadero placer tenerla en mi casa. Bueno, qué digo en mi casa, en su casa, porque de ahora en adelante puede considerarla su casa…

Pero Flautina estaba que se deshacía de tanto llorar. Lloraba torrencialmente. Daba pena verla. Ella que siempre era una sonrisa ambulante…

Cuando parecía que iba a terminar de llorar, empezaba otra vez con más fuerza, como si se le hubiera llenado el tanque de lágrimas otra vez.

—¡Que no queremos otro diluvio universal, mi querida doña Flautina! —decía en broma doña Ricolina Mendieta, intentando aliviar la pena de la buena anciana.

Pero nada, ni el gato amarillo con sus mimos y ronroneos, ni el perro rabicorto de don Gervasio con sus saltos vivarachos, ni don Gervasio con sus galanterías, ni doña Ricolina Mendieta con sus bromas sin gracia, ni el resto de los vecinos con su palabras de cariño lograron consolar a doña Flautina, aunque sí la aliviaron bastante.

Esa noche durmió en casa de don Gervasio, que se esmeró en que su amiga durmiera cómoda, entre sábanas almidonadas y almohadones de algodón.

El perro de Gervasio no ladró. El gato de doña Flautina no maulló. Se quedaron quietecitos y acurrucados para que doña Flautina pudiera descansar.

Entre tanto, los vecinos conversaban sobre cómo resolver el problema que aquejaba a la pobre chiquilla, digo, a la pobre anciana.

—Yo tengo muchos ladrillos de adobe en el patio de mi casa, y puedo ir a por más a la parcela de mi amigo Julián —dijo don Arnoldo.

—Y yo también tengo unos cuantos, y dos carretillas para cargarlos —dijo don Edmundo.

—Y yo y mis hermanos podemos colocarlos —dijo don Sebastián.

—Y yo y mis hermanos podemos poner los ladrillos para construir la casa —añadió don Herminio.

—Y nosotras podemos preparar la mezcla de agua y cemento para unir los ladrillos —dijeron doña Josefina y sus cuatro hijas, jóvenes atléticas y animosas.

Así, cada cual decidió hacer algo para construirle una casa nueva a doña Flautina. Algunos pondrían las ventanas, muy grandes para que entrara el fresco. Otros pondrían dos puertas, una que diera al portal y otra que diera al patio. Otros pondrían las losas del piso, otros las tejas anaranjadas para el techo y otros las columnas del portal…, ¡y el alcalde y sus once hijos se encargarían de pintar de azul toda la casa!

—Será un estupendo regalo de cumplea-

ños —dijo Cuquita—. Mañana cumple...
Creo que ochenta, ¿no?

Entonces, también hicieron los preparativos para una gran fiesta.

Doña Cristina y doña Enriqueta hicieron pasteles de guayaba; don Facundo y su esposa hicieron empanadas de ciruela; doña Carmina y su sobrino hicieron unos ricos dulcecillos de albaricoque; Flora y su prima Carmina hicieron los emparedados de jamón y queso; doña Ricolina Mendieta y su esposo prepararon zumos de varios sabores; don Patipanza hizo una enorme tinaja de mermelada de mango, y don Gervasio, después de dejar dormidos a doña Flautina, al gato y al perro, se fue a la cocina y se esmeró en lograr el mejor gusto y aroma para su famoso té de girasoles.

Toda la noche, la gente iba y venía, subía

y bajaba, corría de un lado al otro, y se traía un jaleo tremendo.

A la mañana siguiente el sol tardó un poco en despertarse, y eso fue estupendo para que a los vecinos les diera tiempo a colgar los globos y las serpentinas.

Doña Flautina también se levantó un poco tarde y, cuando ya iba a empezar a llorar de nuevo, don Gervasio le preguntó entre bostezos:

—¿Ha dormido usted bien, mi querida amiga?

—Pues yo sí, y mi gato también. Y creo que su perro también ha dormido a pierna suelta. Pero el que parece que no ha dormido nada es usted. No ha dejado de bostezar —dijo doña Flautina y sonrió un poco.

Luego, un poquillo dulzona, agregó:

—Muchas gracias, don Gervasio. Perdone tanta molestia pero yo...

—Usted no diga nada y alégrese que hoy es su cumpleaños.

—¡Es cierto! Lo había olvidado. ¿Cuántos cumplo?

Doña Flautina se arregló en un dos por tres y se dispuso a salir para ver qué había quedado de su casa. Ya era hora de pensar en algo para resolver el problema. Pensó que quizás algunas tablas de madera podrían servir aún. A lo mejor se les iba lo tiznado con una pinturita... ¿Verde? ¿Azul? ¿Rosada? No sabía. Lo que sí sabía era que no podía pasarse llorando la vida entera y que al mal tiempo había que ponerle buena cara. «Ocurren cosas peores», pensaba la anciana con una leve sonrisa. «Y hoy es otro día.»

La luz del sol inundaba la calle con sus tonalidades doradas. Y entre tanta luz, doña Flautina logró ver algunos maderos quemados en el lugar donde antes estaba su casa. Al lado, vio una hermosa casita azul, con tejas anaranjadas, un caminito verde y miles de flores multicolores sembradas en todo el jardín.

—¡Es la casa más linda que he visto en toda mi vida! —exclamó doña Flautina—. ¿De quién es, don Gervasio?

—Es suya, mi querida amiga, ¡entre y compruébelo usted misma!

Doña Flautina cruzó la calle y llamó a la puerta, sin creer aún lo que decía don Gervasio.

La puerta se abrió y dentro había mucha, muchísima gente cantando «cumpleaños fe-

liz, te deseamos a ti…». En la sala estaba colgado el retrato de la familia de la anciana que los bomberos lograron salvar en el incendio. Y había jarrones repletos de azucenas y geranios y campanillas y claveles y rosas. Y había muebles muy sencillos y acogedores, y una cocina nuevecita, y una nevera grandota, y ¡uf!, tantas tantas cosas que doña Flautina se sintió mareada de la alegría.

Luego la llevaron a la mesa del comedor, donde a cualquiera se le hubiera hecho la boca agua con las delicias que allí había. Para empezar, imagínense una montaña de frutas y verduras. Lo demás, ni les cuento, desde flanes de calabaza hasta merengues de clara de huevo.

El alcalde, visiblemente feliz y emperifollado con un tulipán rojo en la solapa amarilla, sacó del bolsillo un papelito que estaba en blanco. Parecía, sin embargo, que estaba lleno de letras, porque el alcalde sacaba de éste las palabras más dulces que jamás había pronunciado en ninguno de sus discursos. Después de aquella hermosa oratoria, seguida de estruendosos aplausos, la gente del pueblo tuvo la certeza de que había elegido un buen alcalde, y hasta hicieron planes para reelegirlo.

Compartieron, cantaron, comieron y bailaron. Doña Flautina sentía que eran demasiadas sorpresas para un solo día de cumpleaños, ¡ni que hubiera cumplido cien!

Don Gervasio aprovechó para bailar un pasodoble con su apreciada amiga y, con la salvedad de dos o tres pisotones, lo bailó divinamente. Luego, le regaló un ramo de gi-

rasoles y se atrevió a darle un sonado beso en la mejilla.

—Ay, don Gervasio, que me va a poner colorada... Qué lindos girasoles... Usted siempre tan caballeroso... Si ya lo decía yo, que es usted un amigo maravilloso..., que se me atragantan las palabras en la garganta y todas quieren salir primero..., que..., ¿qué me decía...?

—Que es usted la mujer más hermosa de este pueblo y que me siento orgulloso de ser su mejor amigo.

Además de ponerse colorada como una frambuesa, o mejor dicho, como una sandía, doña Flautina estaba agradecida, feliz, alegre, contenta, requetecontenta..., y tan emocionada que otra vez empezó a llorar a raudales. En uno de los descansos que tomó para suspirar, preguntó a todos sus vecinos con una sonrisa de extrema felicidad:

—¿Y cómo han hecho para construir una casa tan bonita?

—Cuando se quiere, se puede —dijo el alcalde—. Eso hemos aprendido de usted, doña Flautina. Cada uno hizo un poco, y entre todos hicimos un poco más.

—¿Y en qué tiempo? —preguntó doña Flautina, más asombrada que un merengue que lleva tres semanas en la puerta de un colegio.

—¡Muy fácil! —añadió un chico muy pequeño, muy pelirrojo y con unas gafas enormes—. ¡En un dos por tres, en un tin-marín y en un santiamén!